देश-विदेश के जीव-जन्तुओं की लोककथाएँ

सूअर इतने गंदे क्यों

'सूअर की तरह गंदा' - यह एक सच्चाई है। वैज्ञानिकों का मत है कि सूअरों को पसीना नहीं आता, इसलिए वे मिट्टी में लोटते हैं, जिससे उनके शरीर को शीतलता प्राप्त होती है और वे सूर्य-ताप तथा कीड़े-मकोड़ों से बचे रहते हैं। यहां एक ऐसी लोककथा दी जा रही है, जिसमें उनके मिट्टी में लोटने और गंदा रहने का अन्य कारण बताया गया है। यह रोचक कथा भारत के उत्तर-पूर्वी राज्य मेघालय से संबंध रखती है।

सांथिनी गोविन्दन

चित्र

प्रसोनजीत

पैंडा सीरीज़

यूनीकार्न बुक्स की प्रस्तुति

ऐसा कहा जाता है कि प्राचीन समय में सूअर इतने गंदे नहीं होते थे। उनका शरीर मुलायम तथा स्वच्छ होता था। वे प्रतिदिन स्वच्छ जल में स्नान कर अपने शरीर को साफ रखते थे, लेकिन आजकल के सूअरों को देखकर तो शायद ही आपको इस बात का यकीन आए। सूअर इतने गंदे क्यों रहते हैं? इस बारे में एक कहानी प्रचलित है, जो इस प्रकार है–

मेघालय के घने जंगलों में अनेक पशु-पक्षी; जैसे—चीता, लोमड़ी, सांप, हरिण, दरियाई घोड़ा आदि रहा करते थे। इनका राजा था एक बाघ, जो बहुत शक्तिशाली एवं बुद्धि मान था। वह भूख लगने पर ही पशुओं का शिकार करता था। अकारण ही पशुओं को नहीं मारता था। इसी वजह से जंगल के सभी पशु उससे डरते भी थे और उसका आदर भी करते थे।

एक दिन जब वह भरपेट आहार ले चुका, तो पानी पीने के लिए नदी की ओर चल पड़ा। एक सूअर पहले से ही नदी में जल पी रहा था। उसकी निगाह जैसे ही बाघ पर पड़ी तो उसके होश उड़ गए। सूअर सोचने लगा कि आज मौत आ गई। यह बाघ उसे छोड़ने वाला नहीं। यह जरूर मुझे मारकर खा जाएगा, लेकिन बाघ का पेट भरा हुआ था, अतः उसने सूअर की तरफ कोई ध्यान न दिया। नदी से पानी पीकर वह चुपचाप वहां से चला गया। बाघ के जाने के बाद सूअर की जान में जान आई।

बाघ के जाने के बाद सूअर सोचने लगा कि बाघ ने उसे छोड़ क्यों दिया? उस पर आक्रमण क्यों नहीं किया? फिर उसने सोचा कि शायद बाघ ने मुझ पर आक्रमण इसलिए नहीं किया कि उसने सोचा होगा कि मैं भी एक बलशाली पशु हूं। यह भी हो सकता है कि यह बाघ बूढ़ा हो गया हो, इसीलिए मुझसे भिड़ने का विचार त्यागकर या डरकर चुपचाप चला गया।

ऐसी बातें सोचते हुए सूअर के मन में कुछ घमंड-सा पैदा हो गया। उसने बाघ को चुनौती देने का निश्चय कर लिया और दौड़ता हुआ उस दिशा में चल पड़ा, जिधर बाघ गया था। बाघ के निकट पहुंचने पर उसने चिल्लाकर बाघ से कहा, 'अरे बाघ! क्या तुम मुझसे डरते हो? क्या यही कारण है कि तुम नदी से पानी पीकर इतनी जल्दी वहां से खिसक आए हो?'

बाघ ने सूअर की बात का कोई उत्तर न दिया। वह अपनी मस्त चाल से आगे बढ़ता रहा। परंतु सूअर के दिमाग में तो फितूर समाया हुआ था। वह बाघ को चुनौती देने पर तुला हुआ था।

उसने फिर से चिल्ला कर कहा, 'अरे बाघ! तुम शायद इसलिए मुझसे दूर भाग रहे हो, क्योंकि तुम्हें डर है कि कहीं मेरे साथ युद्ध में तुम हार न जाओ।' सूअर की घमंड भरी बातें सुनकर बाघ को गुस्सा आ गया।

उसने जोर से गर्जना की और कहा, 'अरे ओ घमंडी सूअर! मैं तुम्हारी ललकार को चुनौती देता हूं। अब इस बात का फैसला नदी किनारे दो दिन बाद होगा कि हम दोनों में कौन ज्यादा शक्तिशाली है? अच्छा होगा यदि तुम मुकाबले वाले दिन अपने ईश्वर को याद करके आओ, क्योंकि वह दिन तुम्हारी जिंदगी का आखिरी दिन होगा।'

सूअर घमंड के नशे में चूर था। उसने बाघ की बात पर कोई ध्यान न दिया और अपने परिवार वालों तथा मित्रों को बताने के लिए दौड़ गया। जब यह बात सूअर के भाइयों और संबंधियों को पता चली, तो वे डर के मारे थर-थर कांपने लगे। वे सूअर से बोले, 'अरे मूर्ख! तूने क्या सोचकर बाघ जैसे बलवान पशु को मुकाबले के लिए ललकारा है। क्या तुझे इतना भी नहीं मालूम कि वह तुझे चुटकी बजाते चीर-फाड़कर रख देगा।'

अपने भाइयों की बातें सुनकर सूअर को भी लगने लगा कि उससे बड़ी मूर्खता हो गई। बाघ उसे निश्चित रूप से समाप्त कर देगा। उसे अपनी भूल का अहसास होने लगा। बाघ के रूप में साक्षात मौत उसे अपने सिर के ऊपर नाचती दिखाई देने लगी।

मृत्यु की कल्पना से उसका समूचा जिस्म थरथराने लगा। उसने घबराए हुए अंदाज में अपने परिजनों से पूछा, 'गलती तो मुझसे हो चुकी। अब आप मुझे यह बताएं कि मैं किस प्रकार अपनी जान बचाऊं? क्या मैं यहां से कहीं दूर भाग जाऊं?'

'भागकर भी तुम्हें मुसीबत से छुटकारा नहीं मिलने वाला,' परिजनों ने कहा, 'क्योंकि तुम जहां भी जाओगे, बाघ तुम्हें खोज निकालेगा और तुम्हारा खात्मा कर देगा, और यदि तुम नहीं भी मिले, तो उसका कोप हम सब पर टूटेगा। वह हम सबको मार डालेगा। इसलिए अब तुमने उसे चुनौती दी है, तो उसे पूरी भी करो।'

परिजनों की ऐसी बातें सुनकर सूअर फूट-फूटकर रोने लगा। उसका रोना सुनकर एक बूढ़े सूअर को उस पर तरस आ गया। वह अपने दल का सबसे बुद्धिमान और अनुभवी सूअर था। उसने सूअर से कहा, 'अरे मूर्ख! जी तो करता है कि तुझे मर जाने दूं, किंतु तेरी हालत देखी नहीं जाती। सुन, तेरे बचने की एक तरकीब मेरे दिमाग में है। उस तरकीब से तेरी जान बच सकती है और बाघ के गुस्से से हम सब भी बच जाएंगे।'

यह सुनकर सूअर उसके सामने गिड़गिड़ाता हुआ बोला, 'मेहरबानी करके जल्दी से मुझे वह तरकीब बता दो।'

‘तो सुनो! मुकाबले वाले दिन तुम निकटवर्ती दलदल की ज्यादा से ज्यादा गंदी मिट्टी अपने शरीर पर लपेट लेना। तुम्हारा सारा शरीर गंदे कीचड़ से इतना सन जाए कि तुम्हें देखते ही उबकाइयां आने लगें। अपने दुर्गंध से भरे शरीर को लेकर बाघ के पास पहुंचो और फिर देखो तमाशा।’ वृद्ध सूअर ने कहा।

सूअर ने ठीक वैसा ही किया। मुकाबले वाले दिन वह सुबह से ही कीचड़ में लथपथ होने लगा। उसने अपना सारा शरीर दुर्गंध युक्त कीचड़ में डुबो लिया और निर्धारित समय पर बाघ के सम्मुख जा पहुंचा।

बाघ उसी का इंतजार कर रहा था। उसने सूअर को कीचड़ में लिपटा देखा, तो उसके शरीर से छूटते दुर्गंध के भभूकों से घबराकर पीछे हट गया। उसने सूअर से कहा, 'कौन हो तुम! तुम्हारे शरीर से तो बहुत ही दुर्गंध आ रही है।'

जब सूअर ने उसे अपना परिचय दिया, तो बाघ ने घृणा भरे स्वर में कहा, 'दूर हो जाओ मेरी नजरों के सामने से। लौट जाओ जहां से आए हो। मैं तुम्हारे शरीर से उठती दुर्गंध को बर्दाश्त नहीं कर पा रहा हूं।'

बाघ के मुंह से यह बात सुनकर सूअर की जान में जान आई। वह तत्काल वहां से रफू-चक्कर हो गया। जब वह शाम को अपने ठिकाने पर वापस पहुंचा, तो उसके परिवार वाले उसे जीवित देखकर बहुत खुश हुए। उस दिन से

सबने मिलकर यही निर्णय किया कि वे सब भविष्य में भी इसी तरह की गंदगी में रहा करेंगे, जिससे कि किसी बाघ या शेर द्वारा उन्हें मारे जाने का खतरा न रहे, और तब से आज तक इसीलिए सूअर गंदगी को अपने शरीर पर लपेटे रहते हैं।